Ricky Ricotta y el Poderoso Robot

La primera novela de aventuras de

DAV PILKEY

Ilustrada por

MARTIN ONTIVEROS

SCHOLASTIC INC.

New York Toronto London Auckland Sydney
Mexico City New Delhi Hong Kong Buenos Aires

A Walter Bain Wills — D. P.

*A mi mamá y a mi familia, a mis amigos de todos lados
(ustedes saben quiénes son), por su amor y apoyo, pero
principalmente a Micki y a nuestros dos gatitos,
Bunny y Spanky — M. O.*

Originally published in English as *Ricky Ricotta's Mighty Robot*
Translated by Rosario Ortiz Gutiérrez.

This book was originally published in hardcover
by the Blue Sky Press in 2000.

ISBN 0-439-55117-X

12 11 10 9 8 7 6 5 4   5 6 7 8/0

Printed in the U.S.A.   40

First Spanish printing, November 2003

Capítulos

CAPÍTULO 1

Ricky

Había una vez un ratón llamado
Ricky Ricotta que vivía en Ciudad
Chillona con su mamá y su papá.

A Ricky le gustaba vivir
con su papá y su mamá,
pero a veces se sentía solo.

Ricky quería tener un amigo que le
hiciera compañía.

—No te preocupes —le dijo su papá—.
Algún día pasará algo **GRANDE** y
encontrarás un amigo.

Así que Ricky esperó.

CAPÍTULO 2
Los abusivos

A Ricky le gustaba el colegio,
pero no le gustaba caminar al
colegio. Como era muy pequeño,
a veces lo molestaban los
abusivos.

—¿Adónde crees que vas? —preguntó
uno de los abusivos.

Ricky no respondió. Se dio la vuelta y comenzó a correr.

Los abusivos lo persiguieron.

Empujaron a Ricky y tiraron su mochila a la basura.

Los abusivos perseguían a Ricky todos los días. Lo tumbaban al suelo todos los días. Y todos los días, Ricky deseaba que sucediera algo **GRANDE**.

CAPÍTULO 3

El Dr. Apestalez

Ese día, Ricky almorzó solito.
Después salió al recreo.

Observó a los demás ratones
mientras jugaban *kickball*.
Ricky no sabía que iba a ocurrir
algo **GRANDE**, y ¡ocurrió!

En una cueva secreta en las
colinas de la ciudad, un doctor loco
planeaba algo malo.

El Dr. Apestalez había creado un Poderoso Robot.

—Utilizaré este Robot para destruir la ciudad —dijo el Dr. Apestalez—, y pronto, ¡dominaré el mundo!

El Dr. Apestalez llevó su Poderoso Robot a la ciudad.

—Robot —le dijo Apestalez—, quiero que **¡saltes**, **pisotees** y *destruyas esta ciudad!*

CAPÍTULO 4
El Poderoso Robot

(EN FLIPORAMA™)

·RAMA

¡Así es cómo funciona!

PASO 1

Pon tu mano *izquierda* en la línea punteada donde dice: "AQUÍ VA LA MANO IZQUIERDA". Mantén el libro completamente *abierto*.

PASO 2

Sujeta la página de la derecha con tu pulgar e índice *derechos* (colocándolos en las líneas punteadas donde dice: "AQUÍ VA EL PULGAR DERECHO").

PASO 3

Ahora mueve *rápidamente* la hoja derecha hacia adelante y hacia atrás, hasta que aparezca la imagen *animada*.

(¡Te divertirás más si añades tus propios efectos sonoros!)

FLIPORAMA 1

(Páginas 25 y 27)

Recuerda que *sólo* debes mover la
página 25. Al moverla, mira los dibujos
de las páginas 25 y 27. Si mueves la
página rápidamente, los dos dibujos te
parecerán <u>un solo</u> dibujo *animado*.

¡No te olvides de agregar tus propios
efectos sonoros!

AQUÍ VA LA MANO IZQUIER

El Robot saltó.

AQUÍ VA
EL PULGAR
DERECHO.

AQUÍ VA
EL ÍNDICE
DERECHO.

El Robot saltó.

FLIPORAMA 2

(Páginas 29 y 31)

Recuerda que *sólo* debes mover la página 29. Al moverla, mira los dibujos de las páginas 29 *y* 31. Si mueves la página rápidamente, los dos dibujos te parecerán <u>un solo</u> dibujo *animado*.

¡No te olvides de agregar tus propios efectos sonoros!

AQUÍ VA LA MANO IZQUIER

El Robot pisoteó.

AQUÍ VA
EL PULGAR
DERECHO.

AQUÍ VA
EL ÍNDICE
DERECHO.

El Robot pisoteó.

FLIPORAMA 3

(Páginas 33 y 35)

Recuerda que *sólo* debes mover la página 33. Al moverla, mira los dibujos de las páginas 33 *y* 35. Si mueves la página rápidamente, los dos dibujos te parecerán <u>un solo</u> dibujo *animado*.

¡No te olvides de agregar tus propios efectos sonoros!

AQUÍ VA LA MANO IZQUIER

Pero el Robot no quiso destruir la ciudad.

AQUÍ VA
EL PULGAR
DERECHO.

AQUÍ VA
EL ÍNDICE
DERECHO.

Pero el Robot no quiso
destruir la ciudad.

CAPÍTULO 5

Ricky al rescate

El Dr. Apestalez estaba muy
enojado.

—¡Destruye Ciudad Chillona!
—gritó—. ¡Destruye Ciudad
Chillona! —. Pero el Robot se
negó a hacerlo.

—Te daré una lección —dijo el
Dr. Apestalez. Pulsó un botón de su
control remoto y le dio un corrientazo
enorme al Robot.

Ricky lo vio todo.

—¡Deja de hacer eso! —gritó Ricky.
Pero el Dr. Apestalez siguió dando
corrientazos al Robot.

Finalmente, Ricky pateó la pelota con
todas sus fuerzas, apuntando al
malvado doctor.

¡POING!

La pelota rebotó en la cabeza del Dr. Apestalez. El doctor soltó el control, y este se rompió al caer al suelo.

—¡Ratas, ratones y *ROEDORES!*
—gritó el Dr. Apestalez —. ¡Volveré!
Y desapareció por una alcantarilla.

Cuando el Robot vio lo que Ricky
había hecho, caminó hacia él. Todos
huyeron gritando.

Pero a Ricky no le dio miedo. El Robot le sonrió a Ricky y le dio palmaditas en la cabeza.

Después de todo, ¡algo **GRANDE** había sucedido!

CAPÍTULO 6
La mascota Robot de Ricky

Esa tarde, el Robot acompañó a
Ricky de la escuela a su casa.

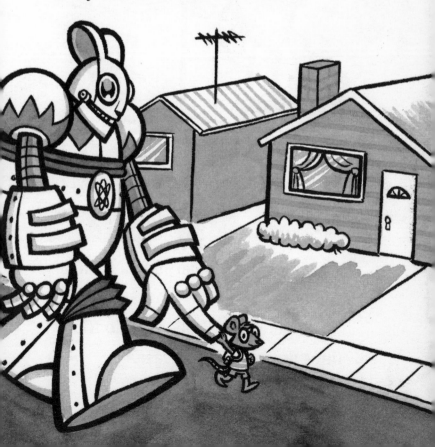

Al poco rato, llegaron a la casa de
Ricky.

—Espera aquí, Robot —dijo Ricky
antes de entrar en su casa.

—Mamá, papá —dijo Ricky—,
¿puedo tener una mascota?

—Está bien —dijo el papá de Ricky—.
Últimamente has sido un buen ratón.

—Sí —dijo la mamá de Ricky—,
creo que te haría bien tener una
mascota.

—¡Hurra! —exclamó Ricky.

—¡Oh, oh! —exclamaron los papás de Ricky.

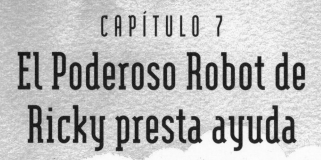

CAPÍTULO 7

El Poderoso Robot de Ricky presta ayuda

Cuando los papás de Ricky vieron a la nueva mascota, no les hizo mucha gracia.

—Ese Robot es demasiado grande para ser una mascota —dijo el papá de Ricky.

—No cabe en casa —dijo la mamá de Ricky.

—Pero es mi amigo —dijo Ricky—,
¡y nos ayudará con las
labores de la casa!

El Poderoso Robot de Ricky utilizó su superaliento para sacar todas las hojas de su patio. Eso le gustó al papá de Ricky.

El Robot de Ricky ahuyentó a
todos los cuervos de la huerta.
Eso le gustó a la mamá
de Ricky.

Y cuando los ladrones pasaron por la casa de la familia Ricotta, ¡ni siquiera se detuvieron! Eso les gustó a todos.

—Bueno —dijo el papá de Ricky—,
supongo que tu Robot puede vivir en el
garaje.

—¡Hurra! —dijo Ricky.

CAPÍTULO 8

De vuelta al colegio

Al día siguiente, Ricky y el Robot
se fueron caminando al colegio.
Los abusivos estaban esperando a
Ricky.

—¿Adónde crees que vas?
—preguntó uno de los abusivos.

—Mi Robot y yo vamos al colegio —dijo Ricky.

Los abusivos levantaron la vista y vieron al Poderoso Robot de Ricky. ¡Se asustaron muchísimo!

—Este... eh... este... —dijo uno de los abusivos—, ¿podríamos ayudarle a llevar su mochila, señor?

—Claro que sí —respondió Ricky.

Los abusivos ayudaron a Ricky a llegar sano y salvo al colegio.

—¿Hay algo más que podamos hacer por usted, señor? —le preguntaron.

—No, gracias —contestó Ricky.

CAPÍTULO 9

Muestra y cuenta

Ese día, los alumnos tenían que
llevar alguna cosa de su casa
para mostrarla y describirla en
el colegio. Un ratón llevó un
guante de béisbol. Una ratona
llevó su oso de peluche.

Ricky llevó a su Poderoso Robot.

Los compañeros de Ricky dieron un paseo gratis en la espalda del Robot.

Volaron sobre la ciudad y las montañas.

—¡Esto sí que es divertido! —dijo Ricky.

CAPÍTULO 10

La venganza del Dr. Apestalez

Mientras la clase de Ricky volaba por los cielos, el Dr. Apestalez rondaba por el colegio. ¡Quería vengarse!

El Dr. Apestalez entró con cautela en
el salón de clases de Ricky. Vio al
lagarto mascota de la clase.

—¡Esto es justo lo que necesito! —dijo
el Dr. Apestalez.

Sacó una botella de Poción de odio
N⁰ 9 y puso una gota en el plato con
agua del lagarto.

El lagarto se bebió el agua.

De repente, el lagarto comenzó a crecer y a cambiar. Se hizo más y más grande. Se volvió más y más cruel.

Y, rápidamente, se convirtió en un monstruo malvado.

—¡Destruye a Ricky y a su Robot! —dijo el Dr. Apestalez.

—¡Sí, amo! —dijo el monstruo.

Cuando el Robot de Ricky vio al monstruo malvado, aterrizó en el patio del colegio. Ricky y sus compañeros se bajaron rápidamente. Entonces, el Robot se dirigió hacia el monstruo gigante y la batalla comenzó.

CAPÍTULO 11

La gran batalla

(EN FLIPORAMA™)

FLIPORAMA 4

(Páginas 73 y 75)

Recuerda que *sólo* debes mover la página 73. Al moverla, mira los dibujos de las páginas 73 *y* 75. Si mueves la página rápidamente, los dos dibujos te parecerán <u>un solo</u> dibujo *animado*.

¡No te olvides de agregar tus propios efectos sonoros!

AQUÍ VA LA MANO IZQUIERD

El monstruo ataco.

73

AQUÍ VA
EL PULGAR
DERECHO.

AQUÍ VA
EL ÍNDICE
DERECHO.

El monstruo
atacó.

FLIPORAMA 5

(Páginas 77 y 79)

Recuerda que *sólo* debes mover la página 77. Al moverla, mira los dibujos de las páginas 77 y 79. Si mueves la página rápidamente, los dos dibujos te parecerán <u>un solo</u> dibujo *animado*.

¡No te olvides de agregar tus propios efectos sonoros!

AQUÍ VA LA MANO IZQUIERI

El Robot de Ricky
contraatacó.

AQUÍ VA
EL PULGAR
DERECHO.

AQUÍ VA
EL ÍNDICE
DERECHO.

El Robot de Ricky
contraatacó.

FLIPORAMA 6

(Páginas 81 y 83)

Recuerda que *sólo* debes mover la página 81. Al moverla, mira los dibujos de las páginas 81 *y* 83. Si mueves la página rápidamente, los dos dibujos te parecerán <u>un solo</u> dibujo *animado*.

¡No te olvides de agregar tus propios efectos sonoros!

AQUÍ VA LA MANO IZQUIER

El monstruo
peleó duro.

AQUÍ VA
EL PULGAR
DERECHO.

AQUÍ VA
EL ÍNDICE
DERECHO.

El monstruo
peleó duro.

FLIPORAMA 7

(Páginas 85 y 87)

Recuerda que *sólo* debes mover la
página 85. Al moverla, mira los dibujos
de las páginas 85 *y* 87. Si mueves la
página rápidamente, los dos dibujos te
parecerán <u>un solo</u> dibujo *animado*.

¡No te olvides de agregar tus propios
efectos sonoros!

AQUÍ VA LA MANO IZQUIERD

El Robot de Ricky
peleó aún más duro.

AQUÍ VA
EL PULGAR
DERECHO.

El Robot de Ricky peleó aún más duro.

FLIPORAMA 8

(Páginas 89 y 91)

Recuerda que *sólo* debes mover la página 89. Al moverla, mira los dibujos de las páginas 89 *y* 91. Si mueves la página rápidamente, los dos dibujos te parecerán <u>un solo</u> dibujo *animado*.

¡No te olvides de agregar tus propios efectos sonoros!

AQUÍ VA LA MANO IZQUIERD

El Robot de
Ricky venció.

89

AQUÍ VA
EL PULGAR
DERECHO.

AQUÍ VA
EL ÍNDICE
DERECHO.

El Robot de Ricky venció.

CAPÍTULO 12

El electrocohete

El Robot de Ricky venció al monstruo y todos sus poderes malévolos se disolvieron. Se convirtió rápidamente en un pequeño lagarto y nunca más volvió a molestar a nadie.

—¡Ratas, ratones y *ROEDORES!*
—gritó el Dr. Apestalez—. ¡Yo mismo destruiré a ese Robot!

Tomó su electrocohete y lo apuntó hacia el Robot de Ricky.

—¡NO! —gritó Ricky. Se lanzó sobre
el Dr. Apestalez justo cuando el
malvado doctor disparaba su cohete.

El cohete salió disparado hacia arriba, muy arriba. El Robot de Ricky lo siguió, pero no fue lo suficientemente rápido.

El cohete cayó y explotó.

¡BUM!

Justo en la cueva secreta del
Dr. Apestalez.

CAPÍTULO 13
La justicia tarda, pero llega

—¡Ratas, ratones y *ROEDORES!*
—lloró el Dr. Apestalez—. ¡He
tenido un día muy malo!

—Y está a punto de ponerse peor
—dijo Ricky.

El Poderoso Robot de Ricky levantó al
Dr. Apestalez y lo llevó a la cárcel.

CAPÍTULO 14

De vuelta a casa

Esa noche, la familia Ricotta cenó en el patio. Ricky les contó a sus papás todas las aventuras del día.

—Gracias por salvar la ciudad —dijo el papá de Ricky.

—Y gracias por salvarse ustedes —dijo la mamá de Ricky.

—De nada... —dijo Ricky—,

para eso son los amigos.

CÓMO DIBUJAR EL ROBOT
DE RICKY

1.

2.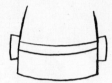

3.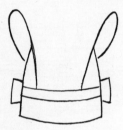

4.

5.

6.

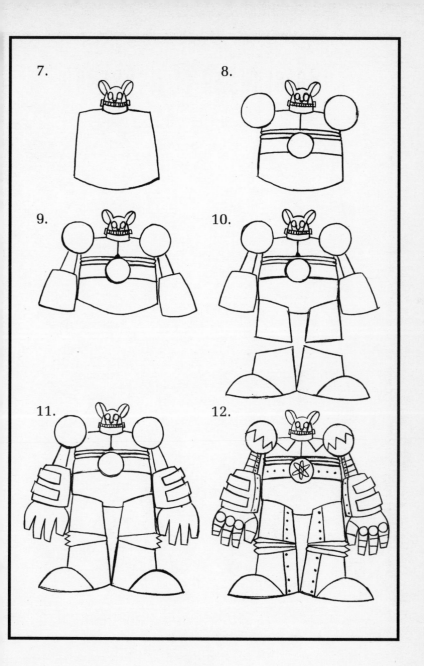

7.

8.

9.

10.

11.

12.

CÓMO DIBUJAR EL MONSTRUO

1.

2.

3.

4.

5.

6.

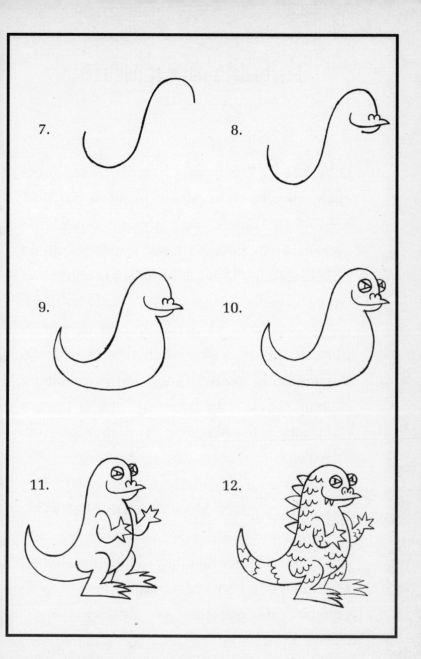

7.

8.

9.

10.

11.

12.

Acerca del autor y el ilustrador

DAV PILKEY hizo sus primeras tiras cómicas cuando estaba en la escuela primaria. En 1997 escribió e ilustró su primera novela de aventuras para niños, *Las aventuras del Capitán Calzoncillos,* que fue aclamada por la crítica y se convirtió instantáneamente en uno de los libros mejor vendidos, al igual que los siguientes libros de la serie. Dav también es el autor de numerosos libros ilustrados que han recibido premios, como *The Paperboy*, con el premio Caldecott, y los libros de los *Dumb Bunnies*. Dav vive con su perro en Eugene, Oregón.

Gracias a un verdadero golpe de suerte, Dav descubrió al artista **MARTIN ONTIVEROS**. Dav supo que Martin era el ilustrador indicado para la serie Ricky Ricotta y el Poderoso Robot. Martin vive en Portland, Oregón. Tiene muchos juguetes y dos gatos: Bunny y Spanky.